OS MORTOS

Ateliê Editorial
Trinta Anos

PAULO FRANCHETTI

Os Mortos

Ateliê Editorial

Dados Internacionais de Catalogação na Publicação (CIP)
(Câmara Brasileira do Livro, SP, Brasil)

Franchetti, Paulo

Os Mortos / Paulo Franchetti. – Cotia, SP: Ateliê Editorial, 2025.

ISBN 978-65-5580-182-8

1. Poesia brasileira I. Título.

25-305495.0 CDD-B869.1

Índices para catálogo sistemático:
1. Poesia: Literatura latina B869.1

Cibele Maria Dias – Bibliotecária – CRB-8/9427

ATELIÊ EDITORIAL
Estrada da Aldeia de Carapicuíba, 897
06709-300 – Cotia – SP – Brasil
www.atelie.com.br
contato@atelie.com.br
facebook.com/atelieeditorial
blog.atelie.com.br

Printed in Brazil 2025
Foi feito o depósito legal

SUMÁRIO

A VOZ DOS MORTOS

Cada uma destas dezessete composições é um epitáfio composto. O conjunto transcende o memorial familiar e irradia uma potente tensão lírica. Em *Os Mortos*, Paulo Franchetti dialoga com seus antepassados. Os defuntos revelam as próprias falhas e as marcas que suas vidas deixaram sem dissimulação, enquanto o poeta responde com empatia, uma ternura que, embora exclua a condenação, não exclui o julgamento.

A poesia é lapidar, despojada de ornamento retórico. Ao manter a gravidade que o contexto impõe, cria uma dicção única, ao mesmo tempo coloquial e solene. Efeito raro esse. Gera uma espécie de oralidade espectral, onde a fala de uma família brasileira descendente de árabes e italianos ressoa o Eclesiastes.

Dar voz aos mortos é lugar-comum literário. Bem distinto é dar vida à voz dos mortos. Obra de maturidade, escrita por força de um impulso inevitável, esta série é uma meditação sobre a permanência da perda. Nela, Paulo retrata não somente os seus, claro está, mas a condição humana. Por outro lado, não é demais mencionar que as figuras do álbum – tendo ou não existido – são o poeta. Viveriam apenas nele, não fosse o verso.

É um exorcismo da ausência, o que a poesia realiza aqui. Mas sem remissão, intuo. A arte, mesmo a maior, pode muito, mas não redime.

Thomaz Albornoz Neves

Os Mortos

LEDA

Os filhos e a roça foram meus castigos.
Foram tudo o que me coube.
Sem o trabalho embrutecido,
Partiram – a minha vida desabou
Como a mangueira velha do quintal
Sobre o chiqueiro e o canto da oficina.
Fiz as penitências, me esforcei no culto.
Deus não veio em meu socorro.
Ouça minha voz, meu neto, e recorde
A dureza do meu rosto seco.
Tristeza e revolta:
Este gosto amargo que não dá repouso.

Te recordo escolhendo a lenha,
E acendendo o fogo e recolhendo
A lavagem para os porcos.
E te recordo curvada sobre o pão,
E o brilho rápido dos olhos maus.
Não soube te amar em vida,
Não sei como te amar na morte.

MARIA

Com dezesseis anos, sonhava fugir.
E quando pude, beijei o pai e o deixei.
Ele me deu um baú, mandado fazer
Com a madeira das árvores do seu país natal.
Era grande e brilhava quando desceu do caminhão.
Durante o ano, aconcheguei ali uns poucos panos.
Era grande e pesado, mas viajou quase vazio
Para a nova casa, na cidade.
Ali me criei e ao meu filho, o desgosto,
Com a esperança, filha do meu sofrimento.
Não vi todos partirem. Primeiro o pai,
Depois Abdo, o mais velho. Um a um, até a Lia.
Quando chegou a minha vez, deixei Eli,
O último de nós, daquela casa destruída,
Sustentada apenas na lembrança.
Por isso lhe peço: meu filho,
Que a culpa me seja leve,
E que a sua palavra não me castigue
Nem me busque aqui, onde meus ossos estão.
Me deixe em paz.

Gostaria de dizer minha mãe
Ajude-me esta marca que carrego
Este sol escuro sempre se pondo
No meu coração a língua de fogo
Devorando palavras mal nascidas.

Gostaria de dizer e não digo
E o rio do sangue escorre devagar
Esperando que o beba a terra ou o dissolva
A água elas também mães
Das coisas vivas e das coisas mortas.

ÁUREO

Onde nasci a fome nasceu antes.
Assim cresci, entre a colher e a enxada,
O café, o milho, o arroz e a soja.
A geada, a lagarta, a chuva e a seca
Vingaram a impiedade, com juros exigiram
O dízimo que neguei ao meu Senhor.
Um a um os filhos se foram.
Dos que ficaram um me foi tirado
Pela justiça dos homens,
Outro foi marcado e aguardou
Que Deus o libertasse da razão.
Curvado o corpo sob tantas dores,
Sem abrandar o coração cruel,
Não me emendei, fui negociando
E renegociando até o fim a salvação.
Mas como poderia eu ser diferente?
Agora te digo, meu neto renegado,
Bebe o teu vinho, come a tua carne,
Pois onde estou não vejo nada,
Nada ouço e nada sinto,
Só revolta, abandono e maldição.

Finalmente me falas como o velho livro.
Mas teu exemplo foi além de ti.
Não tive mãos para moldar o ferro,
Nem para tecer o couro ou afiar a foice.
Vivi entre palavras, mas a tua vida,
Que assim resumes mal, foi também minha,
E só quando a Fé te envenenou foi desgarrada.
Não foste Jó, porém, nem foi uma aposta
O que perdeu a tua vida.
Que Deus te marcou assim, cegando,
Não sei, mas de minha parte,
Neste pão e neste vinho,
Te faço aqui um brinde, eu, teu neto que te amei
Enquanto teu Deus não te afastou de mim.

VI

Fui mau e primeiro que todos desertei.
Da casa paterna, nem bênção nem perdão.
Eu me lembro de ti.
Eras como teu pai, tinhas o mesmo olhar,
O mesmo jeito, quase um padre.
Não me venhas então com piedade.
A raiva se extinguiu, e o desejo.
Não me buscaste em vida,
Não me perturbes.
Cala-te e vai-te.
Não me convoques mais.
Só quero ficar morto em paz.

Mas eu me lembro de ti.
O carinho com que consertavas,
calado, os instrumentos de morte.
O óleo escorria pelos dedos
numa unção nojenta,
eloquente, honesta.
Tua mulher negra como um tapa
na família, com o amor visível.
Na única visita, o estalido do cão
no cilindro vazio.
O riso acolhedor porém
curou o espanto.
Carregavas os teus machucados como boias,
e os calos nas mãos.
Meu tio, se eu te conhecesse creio
que também te amaria.

ÂNGELO

De templo em templo, busquei a norma.
O meu corpo em tua mãe teve uma casa só.
O fogo infeliz com os anos foi morrendo
Em faísca esparsa até ser brasa fria.
Quando quis reviver foi só fumaça.
Irascível, teimoso, fui um homem bom.
Angústia, remorso, frustração:
Quem poderia me julgar
Senão o juiz feroz que fui de mim?
Sombra convocada e repelida,
Ainda sou teu pai e és meu menino.
Não me deixas morrer, não queres,
E eu juro que não te abandonarei.

É tua a luz no promontório.
A noite vem e a noite vai,
E o sol de um novo dia, com suas dores,
E outra vez o alívio do sono,
Como um mar escuro.
Meu pai, meu pai, como te deixaria
Morrer em mim? Pela tua memória
Me oriento, por ela velo e renasço,
Como pela estrela se guiaram os três
Até a manjedoura de Belém.

TIAGO

Fui o primeiro a dar o testemunho.
Minha coroa de espinhos, minha cota
De alegrias: último pastor dentre os pastores,
Primeira ovelha entre as ovelhas.
Recebi a chave, fui a pedra boa,
Mandei emissários aos caídos,
Redimi meu pai e minha mãe, irmãos.
Quando veio a doença, leve
Como uma folha o corpo magro
Poucas palavras amargas proferiu,
A mente flutuou por fim,
Dias, semanas, meses, quase um ano,
Sobre lago de lama ou de água pura.
Assim morri, sem provar nem saber.
Assim morri: olhos de fogo buscando,
Mãos enrugadas agarrando
E a boca já muda se movendo
Em raivas e promessas combinadas.
Tu, que desde menino não me viste,
Não me reconhecerias.
Nem eu a ti, exceto pela sombra
Que deve andar contigo, de recusa e de pecado
Igual à que trazia teu pai, meu irmão,
E todos os que me ouviram clamar
Mas não vieram a mim, nem aceitaram a luz
De salvação.

Deus tenha piedade de ti, meu tio,
Palmatória do mundo, prumo e corda,
Régua de nível, compasso, esquadro,
Que a tua salvação te seja leve!

LIA

A carga da família esteve em mim.
Esperei em delírio o casamento.
Fumava, babando os remédios,
Num canto qualquer.
Quando eles começaram a morrer,
Não pensei quem me cuidaria.
Apenas me deixei levar.
Aí fora era melhor,
Qualquer lugar era melhor.
Até que finalmente, ainda esperando o noivo,
A morte me desfez.

Cordeiro, doce cordeiro,
Teus dedos amarelos,
Os teus cabelos brancos,
E gaga, a tua risada dolorida.
Como um bebê,
Teus olhos embaçados porejando,
Purgaste os pecados da tribo
E ela te esqueceu.

BLAU

Severo e mudo, só na velhice tagarela,
Surdo, resmunguei à toa.
O teu pai foi também o pai de todos nós.
O que ele disse eu te diria, o que ele calou eu calarei.
Então, meu sobrinho,
Se eu pudesse, apenas um abraço,
Não de um tio, mas de um irmão.

De longe nos vimos, pouco nos falamos.
Nem na mesma sombra descansamos.
Tua lembrança aquece, embora longe e baça.
Sem prêmio ou punição viveste,
Como meu pai, a tua vida longa.
Isso basta.

TERCEIRO

Deus me pôs a sua marca.
Que Ele a retirasse, se quisesse.
Ele não quis, nem eu me socorri
Com a ciência dos homens.
Apodreci aos poucos
Entre gritos e impropérios.
Aqui, onde só a tua convocação me perturbou,
Não há nada, nada sinto, nada vejo.
Seria isto já o inferno? Esta ausência?
Mas se nunca O percebi,
Nem resposta tive, clamando
No charco de dores em que sufoquei.

A ti que eu vi no Horto insano,
Que consolo? Nem te convoquei agora.
Como uma ferida, supuraste.
Dentre as formas possíveis do amor,
Qual foi a tua?
De Deus o lado mais cruel,
Eis o que escolheste.
Assim, meu tio, descansa.
Nada tens a me contar e eu
Nada de bom teria a te dizer.

SET

Que te diria eu, que
Nem fui família, exceto pela
Ausência?
Vens convocar a sombra de uma sombra?
Não vinguei, murchei ainda em muda, broto novo,
E apodreci.

De ti só ouvi falar: o que faltou,
O lugar vazio que não pesou na mesa pobre.
Tiveste um nome, ao menos.
Não o ouvi no clamor das orações,
E só por isso por ele te chamei.

ILE

Durante anos meu topete
Foi o meu orgulho.
Depois, entre queijos,
Salames e cachaça,
E perseguindo putas
Até a calvície começar.
Devia dizer careca,
Mas aos mortos convém a compostura.
Estudei, escrevi, mas tive
O amor e o ódio no leite materno
E nunca dele me afastei.

Amigo de todos, amigo de ninguém.
Amigo menos de si do que de alguém.
Eu te admirava, meu Presley do sítio,
Quando fungavas dolorido lendo
As cartas de amor das namoradas.
Depois te acompanhei, sempre o mesmo,
Esquivo, orgulhoso de nada, em cerimônia.
Até que te perdi de vista e só te soube morto
Quando teu corpo já estava sob a terra.

ALE

Pinto de ouro me chamavam.
Mamei até seis anos de idade.
Fui feio, mas alguma coisa
Atraía as mulheres.
Fui pobre, fui rico, muito rico.
Terminei pobre. Um câncer na garganta
Aos poucos me comeu.
Eu, o que bebi e fumei e comi
Boas comidas e mulheres.
Mas não houve quem não sofresse
Comigo e com a minha morte.

O filho mais novo herdou o sangue
E a sorte má, junto com a sorte boa.
Todos te amamos sempre, ainda quando
Trapaceaste, mentiste, com um sorriso
Fechavas as feridas que causaste.
Não tinha sido por mal, nem por bem,
Para o teu bem, não por nosso mal,
As contas se ajustavam, sempre a zero,
Um novo crédito, que gastavas e todos
Sem que pedisses, ainda uma vez,
A última, sempre, te ofertavam.

ELI

Ser velho nesta terra é nada.
Meus amores contrariados,
Minha vida escorraçada.
Comigo me acertei, com ela vivi.
Deus não me quis para a felicidade.
Os filhos que perdi no olhar refletidos
Fizeram este filtro, formaram esta sombra.
A fúria adormecida sobreveio
Num fato qualquer de uma hora qualquer.
Desde então fui chamado e erguido.
Nada vi além de dor acumulada
E ódio da vida malograda.
Era por isso um caminho de paz,
Sem noite nem dia,
Desencarnada a mente solta
Até a redenção.

Também eu envelheço, meu corpo
Ainda se conhece, mas quem sabe
Quando virá o dia da aflição?
Soube do teu esquecimento
E mais te amei, eu que nunca pude
Te abraçar ou mesmo falar contigo
Um dia apenas, com o coração aberto.
Que o teu sofrimento tenha sido paga
Adiantada, porque desmesurado foi o preço,
Sem recompensa, do mal que sobre ti desceu.

ANUNCIAÇÃO

Neste lugar imundo
Vim apodrecer.
Youssef se foi, os filhos
Se foram e eu resvalei
Em breve para a cova fria.
Mas o coração
Cevado de ódio
Em herança te deixei.
O furor aquece, o desprezo
Consola: tudo igual aí fora,
No dia ensolarado
Ou no céu pesado de chuva.

Para ti não tenho verdadeira
Palavra de perdão.
Mas amaria.
O centro imóvel do ciclone,
O miolo rijo da desgraça,
Como te poderia descrever?
Matriz do bom e do mau,
Estás em mim, embora
Eu não te queira ver.

YOUSSEF

Vim do Líbano com dezessete.
Mascateei, casei, procriei.
As azeitonas que não vingaram.
Um pé de pêssego apenas.
Quando minha filha se casou,
Mandei fazer um baú de cedro.
Com o enxoval, meus votos:
Dê-me um neto, uma semente
Transplantada, uma sequência.
Quando morri, ele tinha dez anos,
Mas já era homem para me ver frio,
Coberto de flores fúnebres,
Na saleta da casa, e não chorar.

Sou eu o neto desejado,
Aquele que veio a tempo,
Assim que foi chamado.
E também o deserdado,
Aquele que a tua doença
Assustou e afastou.
Lembro de te ver
Junto ao forno de barro,
Lendo o jornal ao sol.
Naqueles dias, desviava,
Não compreendia quem eras,
Por mais que gostasse de ti.

ABDO

Nem sei por onde andei,
Nem o que fiz: fui quem desertou.
O ninho da tribo cresceu sem mim.
Apenas no final, quando os dias encolheram
E as chances eram poucas, Ale veio, meu irmão.
Juntos não fizemos nada bom.
Como dois afogados, nos olhamos quietamente
Através da água, da vidraça, da memória.
E nos deixamos arrastar.
Minhas filhas, o que terá sido delas?
Minha mulher, abandonada.
Ale me viu morrer. Parecia de novo
O irmãozinho, mas estava também velho,
Não demoraria a chegar a sua vez.

A ferramenta cheia de graxa
Jogada no chão de areia.
Disse o pai: mira o exemplo
De quem limpa e prepara o amanhã.
Mas riste, tendo o tempo a teu favor.
Arrastando a perna mais curta,
Caminhaste para longe. Eu te vi
Duas vezes.
Na última, o rosto coberto de sulcos,
A pele seca, o olhar sem luz
Com voz rouca diziam que já tinha passado
A hora de fugir.

ZITA

Caí aquele dia como uma árvore cai.
Mas em silêncio, como vivi.
As filhas herdariam a enorme paciência?
O dom das mãos no fogão,
O ser mãe de todos, menos de mim mesma?
Quando meu marido adoeceu, eu perguntei
Por que seria eu a escolhida, por que
Mais uma vez a provação.
Mas me ergui como uma árvore caída não se ergue.
Até que aquela tarde, entre uma xícara de café
E um copo de água, desapareci.

As flores já não florescem
da mesma maneira, as samambaias
recolhem os ramos verdes
no quintal da que foi a tua casa.
Em toda parte, o cheiro bom da comida
fugiu para o chão ou secou
como o sereno ao sol nas cadeiras da varanda.
Mas na minha memória, no altar interno,
ainda caminhas e trazes nas duas mãos abertas
o amor, a prece, o consolo e o perdão.

Título	*Os Mortos*
Autor	Paulo Franchetti
Editor	Plinio Martins Filho
Produção Editorial	Carlos Gustavo Araújo do Carmo
Capa e Projeto Gráfico	Jorge Buzzo
Formato	12 × 18 cm
Tipologia	Filosofia
Papel	Color Plus Microcotelê 240 g/m² (capa) Pólen Bold 90 g/m² (miolo)
Número de Páginas	48
Impressão e Acabamento	Lis Gráfica

PE. FLÁVIO SOBREIRO

EXERCÍCIOS ESPIRITUAIS COM NOSSA SENHORA APARECIDA

EDITORA
SANTUÁRIO

Direção Editorial: Pe. Fábio Evaristo R. Silva, C.Ss.R.
Pe. José Luís Queimado, C.Ss.R.
Conselho Editorial: Cláudio Anselmo Santos Silva, C.Ss.R.
Edvaldo Manoel Araújo, C.Ss.R.
Ferdinando Mancilio, C.Ss.R.
Gilberto Paiva, C.Ss.R.
Marco Lucas Tomaz, C.Ss.R.
Victor Hugo Lapenta, C.Ss.R.
Coordenação Editorial: Ana Lúcia de Castro Leite
Copidesque: Sofia Machado
Revisão: Luana Galvão
Diagramação: Maicon Santos
Capa: Artur Santoni Araujo Bastos

Dados Internacionais de Catalogação na Publicação (CIP) de acordo com ISBD

S677e Sobreiro, Padre Flávio

Exercícios espirituais com Nossa Senhora Aparecida / Padre Flávio Sobreiro. - Aparecida : Editora Santuário, 2023.
88 p.; 12cm x 18cm.

Inclui índice.
ISBN: 978-65-5527-340-3

1. Religião. 2. Cristianismo. 3. Nossa Senhora Aparecida. I. Título.

2023-1524 CDD 240
CDU 24

Elaborado por Odilio Hilario Moreira Junior - CRB-8/9949

Índice para catálogo sistemático:
1. Religião : Cristianismo 240
2. Religião : Cristianismo 24

1ª impressão

Rua Pe. Claro Monteiro, 342 – 12570-045 – Aparecida-SP
Tel.: 12 3104-2000 – Televendas: 0800 - 0 16 00 04
www.editorasantuario.com.br
vendas@editorasantuario.com.br

ORIENTAÇÕES PARA TODOS OS DIAS DOS EXERCÍCIOS ESPIRITUAIS COM NOSSA SENHORA APARECIDA

1. PREPARAÇÃO EXTERIOR

Busque realizar os **Exercícios Espirituais com Nossa Senhora Aparecida** em um horário que lhe permita rezar tranquilamente, sem interrupções. Alguns gostam de rezar logo pela manhã, enquanto todos de sua casa ainda estão dormindo e o silêncio é mais favorável à oração e à concentração. Outros preferem um horário mais tranquilo ao longo do dia. Outros ainda rezam à noite, quando o silêncio auxilia a concentração. Você tem total liberdade para escolher o horário que melhor se adaptar a sua rotina diária.

Desligue seu celular. Não permita que nada possa interromper seu momento de oração. Esse seu momento de fé deve ser vivenciado com intensidade para que obtenha os frutos espirituais de que necessita.

2. PREPARAÇÃO DO AMBIENTE

Em um lugar apropriado (pode ser em seu quarto, na sala ou em algum outro espaço de sua casa), prepare um altar dedicado a Nossa Senhora Aparecida, com sua imagem ou sua estampa. Adquira uma vela, que deverá ser acesa todos os dias deste Exercício Espiritual. Se desejar, pode deixar uma música suave de fundo, desde que ela não atrapalhe seu momento de oração e não lhe cause dispersão ou sono.

3. PREPARAÇÃO INTERIOR

Procure acalmar-se interiormente. Respire e inspire algumas vezes, buscando criar em seu coração um espaço de paz e serenidade. Nesse momento, peça que Nossa Senhora Aparecida acompanhe você nessa oração que está se iniciando. Agradeça a ela estar a seu lado. Em seguida, reze uma oração, pedindo também a presença do Espírito Santo, e trace sobre si mesmo o sinal da cruz, com fé, calma e confiança.

Sugiro que você reze a seguinte Oração ao Espírito Santo:

Vinde, Espírito Santo, enchei os corações dos vossos fiéis e acendei neles o fogo do Vosso Amor. Enviai o Vosso Espírito, e tudo será criado, e renovareis a face da terra. Oremos: Ó Deus, que instruístes os corações dos vossos fiéis, com a luz do Espírito Santo, fazei que apreciemos retamente todas as coisas, segundo o mesmo Espírito, e gozemos sempre da sua consolação. Por Cristo, Senhor Nosso. Amém!

em nossos gestos e em nossas palavras.

COMPROMISSO DO DIA

1º DIA

Nossa Senhora Aparecida, intercedei pelas famílias

"Sejam bons e compreensivos uns com os outros, perdoando-se mutuamente, assim como Deus perdoou a vocês em Cristo."
(Ef 4,32)

Inicie, hoje, os **Exercícios Espirituais com Nossa Senhora Aparecida.** Ao longo de nove dias, irá percorrer um belo caminho espiritual tendo como companheira e amiga a Virgem Santíssima. Neste primeiro dia, peça sua intercessão por todas as famílias. No início deste livro, há algumas orientações importantes. Seria oportuno que, por um breve instante, retomasse-as e as lesse com calma, pois elas irão ajudar você a vivenciar melhor este momento de oração.

CATEQUESE SOBRE NOSSA SENHORA

"Acontece, sobretudo nos momentos de necessidade, quando nos encontramos enredados pelos nós mais intrincados da vida, que nós olhemos para Nossa Senhora, para a Mãe, e isso é justo. Mas é lindo, antes de mais nada, deixar-se olhar por Nossa Senhora. Quando nos olha, ela não vê pecadores, mas filhos. Dizem que os olhos são o espelho da alma; os olhos da Cheia de Graça espelham a beleza de Deus, refletem sobre nós o paraíso. Jesus disse que os olhos são 'a lâmpada do corpo' (Mt 6,22): os olhos de Nossa Senhora sabem iluminar toda a escuridão, reacendem por todo o lado a esperança. Seu olhar, voltado para nós, diz: 'Queridos filhos, coragem! Estou aqui, Eu, vossa mãe'" (trecho da homilia do papa Francisco, durante a celebração da solenidade de Maria Santíssima, Mãe de Deus, terça-feira, dia 1º de janeiro de 2019, na Basílica Vaticana).

PREPARAÇÃO ESPIRITUAL

Dedique este tempo a pensar nas famílias que precisam hoje de sua oração; lembre-se também de sua família. Nossa Senhora Aparecida irá interceder a Jesus Cristo por todas as necessidades que você apresentar a ela. Quantas famílias hoje enfrentam conflitos internos, discussões e agressões. Por elas, apresente hoje suas intenções.

Por um momento, recorde também as situações difíceis que você tem encontrado em seu lar: dificuldades no relacionamento, falta de perdão, mágoas que estão guardadas no coração, tristezas por não conseguir modificar determinadas situações ou temperamento de seus familiares.

Nossa Senhora Aparecida compreende perfeitamente suas dores e seus tormentos. Ela é Mãe e sabe as necessidades de seus amados filhos. Todos aqueles que pediram sua materna intercessão não ficaram sem resposta.

Tendo apresentado a Nossa Senhora Aparecida suas intenções, leia com calma a **Palavra de Deus.** O Senhor lhe fala por meio das Sagradas Escrituras. Procure ouvir a voz de Deus, que, serenamente, lhe orienta nos momentos difíceis de sua caminhada. Após lê-la e meditá-la, reze com muita fé e devoção a **Ladainha de Nossa Senhora Aparecida.** Cada invocação de amor à Virgem Santíssima é uma rosa que a ela ofertará.

PALAVRA DE DEUS Lc 1,26-38

"No sexto mês, o anjo Gabriel foi enviado por Deus a uma cidade da Galileia chamada Nazaré. Foi até uma virgem, prometida em casamento a um homem chamado José, que era descendente de Davi. E o nome da virgem era Maria. O anjo entrou onde ela estava, e disse: 'Alegre-se, cheia de graça! O Senhor está com você!' Ouvindo isso, Maria ficou preocupada e perguntava a si mesma o que a saudação queria dizer. O anjo disse: 'Não tenha medo, Maria, porque você encontrou graça diante de Deus. Eis que você vai ficar grávida, terá um filho, e dará a ele o nome de Jesus. Ele será grande e será chamado Filho do Altíssimo. E o Senhor dará a ele o trono de seu pai Davi, e ele reinará para sempre sobre os descendentes de Jacó. E seu reino não terá fim'. Maria perguntou ao anjo: 'Como vai acontecer isso, se não vivo com nenhum homem?' O anjo respondeu: 'O Espírito Santo virá sobre você, e o poder do Altíssimo a cobrirá com sua sombra. Por isso, o Santo que vai nascer de você será chamado Filho de Deus. Olhe sua parenta Isabel: apesar de sua velhice, ela concebeu um filho. Aquela que era considerada estéril, já faz seis meses que está grávida. Para Deus nada é impossível'. Maria disse: 'Eis a escrava do Senhor. Faça-se em mim segundo tua palavra'. E o anjo a deixou."

LADAINHA DE NOSSA SENHORA APARECIDA

Senhor, tende piedade de nós.
Jesus Cristo, tende piedade de nós.
Senhor, tende piedade de nós.

Jesus Cristo, ouvi-nos.
Jesus Cristo, atendei-nos.

Deus, Pai dos Céus, tende piedade de nós.
Deus Filho, Redentor do mundo, tende piedade de nós.
Espírito Santo, que sois Deus, tende piedade de nós.
Santíssima Trindade, que sois um só Deus,
tende piedade de nós.

Senhora e Mãe Aparecida Maria, clamamos a vós!
Nos Céus, a Trindade vos louva.
Saúdam-vos todos os Santos.

Os coros dos anjos repetem, e a Santa Igreja aclama:
Bendita sois entre as mulheres!

Mãe dos aflitos, rogai por nós!
Mãe dos enfermos, rogai por nós!
Mãe dos desesperados, rogai por nós!
Mãe dos abandonados, rogai por nós!
Mães dos agonizantes, rogai por nós!

Mãe dos desanimados, rogai por nós!
Mãe dos pobres, rogai por nós!
Mãe dos trabalhadores, rogai por nós!
Mãe das famílias, rogai por nós!
Mãe dos desempregados, rogai por nós!
Mãe dos desabrigados, rogai por nós!
Mãe dos enlutados, rogai por nós!
Mãe dos rejeitados, rogai por nós!
Mãe da esperança, rogai por nós!
Mãe da Igreja, rogai por nós!
Mãe da consolação, rogai por nós!
Mãe do amor, rogai por nós!
Mãe da caridade, rogai por nós!
Mãe da misericórdia, rogai por nós!
Mãe da paz, rogai por nós!

Cordeiro de Deus, que tirais os pecados do mundo,
perdoai-nos, Senhor.
Cordeiro de Deus, que tirais os pecados do mundo,
ouvi-nos, Senhor.
Cordeiro de Deus, que tirais os pecados do mundo,
tende piedade de nós.

V.: Rogai por nós, Santa Mãe de Deus,
R.: para que sejamos dignos das promessas de Cristo.

Senhor Deus, nós vos suplicamos que concedais a vossos servos perpétua saúde de alma e de corpo, e que,

pela gloriosa intercessão de Nossa Senhora Aparecida, sejamos livres da presente tristeza e vivamos convosco na glória eterna. Por Cristo Nosso Senhor. Amém.

Tendo rezado a Ladainha de Nossa Senhora Aparecida, você irá agora rezar a Oração a Nossa Senhora Aparecida. Nessa oração encontrará palavras de paz, que acalentam suas preocupações com seus familiares. Busque orar com tranquilidade e sem pressa, fazendo deste momento uma oportunidade para louvar a Mãe de Deus e nossa Mãe.

ORAÇÃO A NOSSA SENHORA APARECIDA

Virgem Santíssima, Senhora da Conceição Aparecida,
humildemente vos pedimos que vosso amor
nos ilumine de paz e confiança
e nos conforte com a alegria da fé,
que nos devolve o sorriso,
roubado pelas dores e lágrimas
dos medos e das preocupações.
Querida Mãe Aparecida,
caminhai conosco pelos vales da tristeza
e nos conduzi às planícies da serenidade.
Derramai sobre o jardim de nosso coração
o orvalho da misericórdia,
para que floresçam as sementes do amor
em nossos gestos e em nossas palavras.
Acompanhai, com vossa maternal proteção,

nossos passos, já cansados e feridos pelas dores da vida.
Mãe Amada, somos vossos filhos
e sozinhos nos perdemos facilmente
em nossa orfandade espiritual.
Confortai-nos com vossa poderosa intercessão
para que, seguindo vosso santo exemplo,
testemunhemos o amor de Cristo
em pequenos gestos de misericórdia.
Amém!

Para concluir este primeiro dia dos Exercícios Espirituais, agradeça a Deus a oportunidade de ter iniciado esse caminho espiritual junto à Virgem Santíssima e louve a Ele pela graça de ter uma família e poder, hoje, rezar por ela e por todas as famílias que passam por dificuldades. Para finalizar, trace com fé, calma e confiança o sinal da cruz sobre você.

COMPROMISSO DO DIA

Ao longo deste dia, ao recordar de sua família, reze com fé no silêncio de seu coração: "**Senhora Aparecida, Mãe do Amor, de minha família cuidai, por favor**".

2º DIA

Nossa Senhora Aparecida, intercedei pelos deprimidos

"Tudo posso naquele que me fortalece."
(Fl 4,13)

Neste segundo dia dos **Exercícios Espirituais com Nossa Senhora Aparecida**, reze por todos aqueles que sofrem de depressão. Essa enfermidade tem atingido inúmeras pessoas que lutam diariamente para encontrarem um sentido para viver. Esses nossos irmãos necessitam de nossas orações. Talvez, você, que esteja fazendo este caminho espiritual, também sofra da doença da depressão. Aproveite para rezar também por suas necessidades pessoais e pelas necessidades das pessoas que você conhece e que hoje precisam de ajuda espiritual e médica. No início deste livro, estão algumas orientações importantes para que aproveite mais intensamente este momento de oração. Leia-as atentamente para que este momento espiritual gere mais frutos em sua alma.

CATEQUESE SOBRE NOSSA SENHORA

"Um mundo que olha para o futuro, privado de olhar materno, é míope. Aumentará, talvez, os lucros, mas jamais será capaz de ver nos homens, filhos. Haverá ganhos, mas não serão para todos. Habitaremos na mesma casa, mas não como irmãos. A família humana se fundamenta nas mães. Um mundo, onde a ternura materna acaba desclassificada a mero sentimento, poderá ser rico de coisas, mas não rico de amanhã. 'Mãe de Deus, ensinai-nos vosso olhar sobre a vida e volvei vosso olhar para nós, para nossas misérias. Esses vossos olhos misericordiosos a nós volvei'" (trecho da homilia do papa Francisco, durante a celebração da solenidade de Maria Santíssima, Mãe de Deus, 1º de janeiro de 2019, na Basílica Vaticana).

PREPARAÇÃO ESPIRITUAL

Acalme seu coração. Busque no silêncio a serenidade necessária para esta oração. Contemplando a imagem de Nossa Senhora Aparecida, acredite que ela está com você neste momento especial, em que seu coração se eleva a Deus para orar por todos aqueles que sofrem da enfermidade da depressão. Nas mãos de Nossa Senhora Aparecida, coloque todos aqueles que são prisioneiros de tal doença. A Virgem Santíssima, que tanto nos ama, não deixará suas intenções sem resposta, pois ela irá apresentá-las a seu amado filho, Jesus Cristo.

Talvez, você esteja enfrentando a doença da depressão e não veja mais um sentido para viver. Acredite que não está sozinho neste vale lágrimas e que Deus caminha a seu lado, amparando-o e lhe dando forças para superar tal enfermidade. Se ainda não procurou ajuda médica, é preciso buscá-la. Peça a Nossa Senhora Aparecida que lhe dê as forças necessárias para procurar o tratamento que irá lhe ajudar nesse processo de cura. No silêncio do coração, diga a ela sobre as dores emocionais que lhe roubam a paz interior e peça-lhe que continue sempre junto de você, dando-lhe apoio e segurança.

Confiante de que não está sozinho neste deserto espiritual pelo qual está atravessando, leia com atenção a **Palavra de Deus.** Ele nos fala quando abrimos o coração para acolher sua Santa Palavra. Após lê-la e meditá-la, reze com confiança e devoção a **Ladainha de Nossa Senhora Aparecida.** Deixe que cada frase dessa oração seja um bálsamo a curar as feridas de sua alma.

PALAVRA DE DEUS: Is 61,1-3

"O espírito do Senhor repousa sobre mim, porque o Senhor consagrou-me pela unção; enviou-me a levar a Boa-Nova aos humildes, curar os corações doloridos, anunciar aos cativos a redenção, e aos prisioneiros a liberdade; proclamar um ano de graças da parte do Senhor, e um dia de vingança de nosso Deus; consolar todos os aflitos, dar-lhes um diadema em vez de cinzas, o óleo da alegria em vez de vestidos de luto, cânticos de glória em lugar de desespero. Então os chamarão as azinheiras da justiça, plantadas pelo Senhor para sua glória."

LADAINHA DE NOSSA SENHORA APARECIDA

Senhor, tende piedade de nós.
Jesus Cristo, tende piedade de nós.
Senhor, tende piedade de nós.

Jesus Cristo, ouvi-nos.
Jesus Cristo, atendei-nos.

Deus, Pai dos Céus, tende piedade de nós.
Deus Filho, Redentor do mundo, tende piedade de nós.
Espírito Santo, que sois Deus, tende piedade de nós.
Santíssima Trindade, que sois um só Deus,
tende piedade de nós.

Senhora e Mãe Aparecida Maria, clamamos a vós!
Nos Céus, a Trindade vos louva.
Saúdam-vos todos os Santos.

Os coros dos anjos repetem, e a Santa Igreja aclama:
Bendita sois entre as mulheres!

Mãe dos aflitos, rogai por nós!
Mãe dos enfermos, rogai por nós!
Mãe dos desesperados, rogai por nós!
Mãe dos abandonados, rogai por nós!
Mães dos agonizantes, rogai por nós!
Mãe dos desanimados, rogai por nós!
Mãe dos pobres, rogai por nós!
Mãe dos trabalhadores, rogai por nós!
Mãe das famílias, rogai por nós!
Mãe dos desempregados, rogai por nós!
Mãe dos desabrigados, rogai por nós!
Mãe dos enlutados, rogai por nós!

Mãe dos rejeitados, rogai por nós!
Mãe da esperança, rogai por nós!
Mãe da Igreja, rogai por nós!
Mãe da consolação, rogai por nós!
Mãe do amor, rogai por nós!
Mãe da caridade, rogai por nós!
Mãe da misericórdia, rogai por nós!
Mãe da paz, rogai por nós!

Cordeiro de Deus, que tirais os pecados do mundo,
perdoai-nos, Senhor.
Cordeiro de Deus, que tirais os pecados do mundo,
ouvi-nos, Senhor.
Cordeiro de Deus, que tirais os pecados do mundo,
tende piedade de nós.

V.: Rogai por nós, Santa Mãe de Deus,
R.: para que sejamos dignos das promessas de Cristo.

Senhor Deus, nós vos suplicamos que concedais a vossos servos perpétua saúde de alma e de corpo, e que, pela gloriosa intercessão de Nossa Senhora Aparecida, sejamos livres da presente tristeza e vivamos convosco na glória eterna. Por Cristo Nosso Senhor. Amém.

Com o coração sereno pelas graças que Deus tem lhe enviado pela intercessão da Virgem Santíssima, reze com confiança a **Oração a Nossa Senhora Aparecida** a seguir, permitindo que seu coração seja transformado e que as trevas sejam dispersas pela luz do amor divino.

ORAÇÃO A NOSSA SENHORA APARECIDA

Virgem Santíssima, Senhora da Conceição Aparecida,
humildemente vos pedimos que vosso amor
nos ilumine de paz e confiança
e nos conforte com a alegria da fé,
que nos devolve o sorriso,
roubado pelas dores e lágrimas
dos medos e das preocupações.
Querida Mãe Aparecida,
caminhai conosco pelos vales da tristeza
e nos conduzi às planícies da serenidade.
Derramai sobre o jardim de nosso coração
o orvalho da misericórdia,
para que floresçam as sementes do amor
em nossos gestos e em nossas palavras.
Acompanhai, com vossa maternal proteção,
nossos passos, já cansados e feridos pelas dores da vida.
Mãe Amada, somos vossos filhos
e sozinhos nos perdemos facilmente
em nossa orfandade espiritual.
Confortai-nos com vossa poderosa intercessão
para que, seguindo vosso santo exemplo,
testemunhemos o amor de Cristo
em pequenos gestos de misericórdia.
Amém!

Que bênção é concluir este segundo dia dos Exercícios Espirituais com o coração em paz e iluminado pela graça e misericórdia de Deus. Nossa Senhora Aparecida estará sempre a seu lado intercedendo por você quando necessitar de seu auxílio materno. Aproveite este momento para agradecer a Deus tê-lo presenteado com uma Mãe tão amorosa e carinhosa, que olha com ternura tantos filhos e tantas filhas que, diariamente, lhe suplicam sua maternal intercessão. Para finalizar, trace com fé, calma e confiança o sinal da cruz sobre você.

COMPROMISSO DO DIA

Nos momentos em que a tristeza invadir seu coração, diga com fé: **"Senhora Aparecida, por mim intercedei, das dores da alma me livrai e defendei"**.

3º DIA

Nossa Senhora Aparecida, intercedei pela paz

*"Eu deixo para vocês a paz, eu lhes dou a minha paz.
A paz que eu dou para vocês não é a paz que o mundo dá.
Não fiquem perturbados, nem tenham medo."*
(Jo 14,27)

Neste terceiro dia dos **Exercícios Espirituais com Nossa Senhora Aparecida**, reze pedindo que ela interceda junto a Jesus pela paz. E são tantas as situações na vida cotidiana que necessitam de paz! Maria, diante das situações que não compreendia, meditava em silêncio em seu coração, buscando em Deus a paz necessária. Siga seu exemplo para também trilhar seu caminho com serenidade. Leia atentamente as orientações apresentadas no início deste livro.

CATEQUESE SOBRE NOSSA SENHORA

"Deixemo-nos abraçar. Depois do olhar, entra em cena o coração, no qual Maria – diz o Evangelho de hoje – 'conservava todas estas coisas, ponderando-as' (Lc 2,19). Em outras palavras, Nossa Senhora considerava tudo de coração, abraçava tudo, eventos favoráveis e contrários. E tudo ponderava, isto é, levava a Deus. Eis seu segredo. Da mesma forma, ela traz no coração a vida de cada um de nós: deseja abraçar todas as nossas situações e apresentá-las a Deus" (trecho da homilia do papa Francisco, durante a celebração da Solenidade de Maria Santíssima, Mãe de Deus, 1º de janeiro de 2019, na Basílica Vaticana).

PREPARAÇÃO ESPIRITUAL

Quantas áreas de sua vida pessoal necessitam de paz? A paz que sonha para sua vida pessoal e para o mundo começa a ser construída dentro de seu próprio coração. Por isso peça hoje a intercessão de Nossa Senhora Aparecida para que a paz germine em sua vida, por meio de seus pensamentos, suas palavras e ações, e que você promova a paz onde quer que esteja, sendo um sinal do amor misericordioso de Deus.

Lembre-se de pedir também pela paz no mundo. São tantas as situações de guerra, conflitos, terrorismo, violência que roubam a paz de nossos irmãos. Eles também necessitam de nossas humildes orações. Maria é a Rainha da Paz, aquela que gerou o Príncipe da Paz: Jesus Cristo. A ela confie suas intenções neste dia, suplicando que, por sua intercessão, seu lar seja um Santuário da Paz, onde todos possam viver e conviver em um ambiente de serenidade, amor e ternura.

A **Palavra de Deus** é sua companheira nesta bela jornada espiritual. Leia com calma o trecho da Sagrada Escritura selecionado para este dia. É Deus que fala com você todas as vezes que lê essa Palavra de vida eterna. Alimente sua alma com o Pão da Palavra, em seguida, reze com fé e devoção a **Ladainha de Nossa Senhora**, na intenção de que a paz seja uma realidade concreta para todos.

PALAVRA DE DEUS: Fl 4,4-8

"Alegrai-vos sempre no Senhor. Repito: alegrai-vos! Seja conhecida de todos os homens vossa bondade. O Senhor está próximo. Não vos inquieteis com nada! Em todas as circunstâncias apresentai a Deus vossas preocupações, mediante a oração, as súplicas e a ação de graças. E a paz de Deus, que excede toda a inteligência, haverá de guardar vossos corações e vossos pensamentos, em Cristo Jesus. Além disso, irmãos, tudo o que é verdadeiro, tudo o que é nobre, tudo o que é justo, tudo o que é puro, tudo o que é amável, tudo o que é de boa fama, tudo o que é virtuoso e louvável, eis o que deve ocupar vossos pensamentos."

LADAINHA DE NOSSA SENHORA APARECIDA

Senhor, tende piedade de nós.
Jesus Cristo, tende piedade de nós.
Senhor, tende piedade de nós.

Jesus Cristo, ouvi-nos.
Jesus Cristo, atendei-nos.

Deus, Pai dos Céus, tende piedade de nós.
Deus Filho, Redentor do mundo, tende piedade de nós.
Espírito Santo, que sois Deus, tende piedade de nós.
Santíssima Trindade, que sois um só Deus,
tende piedade de nós.

Senhora e Mãe Aparecida Maria, clamamos a vós!
Nos Céus, a Trindade vos louva.
Saúdam-vos todos os Santos.

Os coros dos anjos repetem, e a Santa Igreja aclama:
Bendita sois entre as mulheres!

Mãe dos aflitos, rogai por nós!
Mãe dos enfermos, rogai por nós!
Mãe dos desesperados, rogai por nós!
Mãe dos abandonados, rogai por nós!
Mães dos agonizantes, rogai por nós!
Mãe dos desanimados, rogai por nós!
Mãe dos pobres, rogai por nós!
Mãe dos trabalhadores, rogai por nós!
Mãe das famílias, rogai por nós!
Mãe dos desempregados, rogai por nós!
Mãe dos desabrigados, rogai por nós!
Mãe dos enlutados, rogai por nós!
Mãe dos rejeitados, rogai por nós!
Mãe da esperança, rogai por nós!
Mãe da Igreja, rogai por nós!
Mãe da consolação, rogai por nós!
Mãe do amor, rogai por nós!
Mãe da caridade, rogai por nós!
Mãe da misericórdia, rogai por nós!
Mãe da paz, rogai por nós!

Cordeiro de Deus, que tirais os pecados do mundo,
perdoai-nos, Senhor.
Cordeiro de Deus, que tirais os pecados do mundo,
ouvi-nos, Senhor.
Cordeiro de Deus, que tirais os pecados do mundo,
tende piedade de nós.

V.: Rogai por nós, Santa Mãe de Deus,
R.: para que sejamos dignos das promessas de Cristo.

Senhor Deus, nós vos suplicamos que concedais a vossos servos perpétua saúde de alma e de corpo, e que, pela gloriosa intercessão de Nossa Senhora Aparecida, sejamos livres da presente tristeza e vivamos convosco na glória eterna. Por Cristo Nosso Senhor. Amém.

Como é bom sentir a paz, que emana do Sagrado Coração de Jesus na alma. Neste momento, você rezará a **Oração a Nossa Senhora Aparecida**, a Mãe da Paz. Deixe que essa oração adentre seu coração, para que, com a Virgem Maria, aprenda o valor do silêncio, que conduz à paz.

ORAÇÃO A NOSSA SENHORA APARECIDA

Virgem Santíssima, Senhora da Conceição Aparecida,
humildemente vos pedimos que vosso amor
nos ilumine de paz e confiança
e nos conforte com a alegria da fé,

que nos devolve o sorriso,
roubado pelas dores e lágrimas
dos medos e das preocupações.
Querida Mãe Aparecida,
caminhai conosco pelos vales da tristeza
e nos conduzi às planícies da serenidade.
Derramai sobre o jardim de nosso coração
o orvalho da misericórdia,
para que floresçam as sementes do amor
em nossos gestos e em nossas palavras.
Acompanhai, com vossa maternal proteção,
nossos passos, já cansados e feridos pelas dores da vida.
Mãe Amada, somos vossos filhos
e sozinhos nos perdemos facilmente
em nossa orfandade espiritual.
Confortai-nos com vossa poderosa intercessão
para que, seguindo vosso santo exemplo,
testemunhemos o amor de Cristo
em pequenos gestos de misericórdia.
Amém!

Chegou o fim deste terceiro dia dos Exercícios Espirituais. Possivelmente, seu coração está em paz e sereno. Quando se caminha com Deus, atravessam-se as tempestades com segurança e confiança de que não se está sozinho. Maria caminha com você também, sendo sua Advogada diante das causas que necessitam de um auxílio divino. Agradeça a Deus este momento de graças que Ele concede a sua alma. Agradeça também a Nossa

Senhora Aparecida estar sempre a seu lado, intercedendo por suas necessidades. Para finalizar, trace com fé, calma e confiança o sinal da cruz sobre você.

COMPROMISSO DO DIA

Se, ao longo deste dia, você sentir que lhe falta a paz, peça com confiança: "**Senhora da Paz, de Aparecida e da luz, livrai-me dos tormentos e do mal que seduzem**".

4º DIA

Nossa Senhora Aparecida, intercedei pelos enfermos

"Porque todo aquele que nasceu de Deus venceu o mundo.
E esta é a vitória que venceu o mundo: a nossa fé."
(1Jo 5,4)

Continue sua caminhada, rezando o quarto dia dos **Exercícios Espirituais com Nossa Senhora Aparecida.** Hoje, reze pelos enfermos. Provavelmente, você conheça alguém que esteja enfrentando uma situação de enfermidade. Talvez, essa pessoa enferma seja um familiar seu. Pode ser ainda que você esteja enfermo ou aguardando o resultado de algum exame que tenha realizado. A doença causa desgastes biológicos, psicológicos e espirituais. Por isso mesmo, é preciso rezar com confiança para que Deus encha todos de esperança. Nossa Senhora Aparecida é a Mãe das Dores que sempre atende com amor os pedidos que seus amados filhos lhe apresentam, intercedendo a Jesus por tantas necessidades que inspiram muitos cuidados. Antes de iniciar este momento de oração, leia novamente as orientações para os Exercícios Espirituais, que se encontram no início deste livro.

CATEQUESE SOBRE NOSSA SENHORA

"Na vida fragmentada de hoje, em que nos arriscamos perder o fio da meada, é essencial o abraço da Mãe. Há tanta dispersão e solidão a nosso redor! O mundo está todo conectado, mas parece cada vez mais desunido. Precisamos confiar-nos à Mãe. Na Sagrada Escritura, ela abraça muitas situações concretas e está presente onde há necessidade: vai encontrar a prima Isabel, socorre os esposos de Caná, encoraja os discípulos no Cenáculo... Maria é remédio para a solidão e para a desagregação. É a Mãe da consolação, a Mãe que 'consola': está com quem se sente só. Ela sabe que, para consolar, não bastam as palavras; é necessária a presença. Lá está presente Maria como mãe. Consintamos-lhe que abrace nossa vida. Na Salve-Rainha, chamamos-lhe 'vida nossa': parece exagerado, porque a vida é Cristo (cf. Jo 14,6), mas Maria está tão unida a Ele e tão perto de nós que não há nada melhor do que colocar a vida em suas mãos e reconhecê-la 'vida, doçura e esperança nossa'" (trecho da homilia do papa Francisco, durante a celebração da solenidade de Maria Santíssima, Mãe de Deus, 1º de janeiro de 2019, na Basílica Vaticana).

PREPARAÇÃO ESPIRITUAL

Hoje, reze pelos enfermos. Jesus sempre se compadeceu daqueles que sofriam das enfermidades do corpo e da alma. Seu amor misericordioso curava todos e devolvia-lhes a alegria da vida plena. Neste dia, queremos confiar a Jesus todos os que padecem das dores físicas e espirituais. Nem sempre é fácil enfrentar uma doença com serenidade. O desconhecido causa medo e pode roubar a paz, prejudicando ainda mais o processo de recuperação. Por isso é preciso orar sem nunca desanimar. A certeza de que Deus não abandona a pessoa enferma renova a fé e a esperança. No silêncio de seu coração, apresente a Nossa Senhora Aparecida os enfermos por quem deseja rezar no dia de hoje. Peça que ela interceda a Jesus por todos os que padecem de alguma enfermidade, pelos que se encontram nos leitos dos hospitais, pelos que aguardam resultados de exames, pelos que agonizam de dores nas filas dos hospitais, pelos agonizantes... Se estiver passando por alguma enfermidade, coloque nas mãos amorosas de Maria suas intenções pessoais e acredite que ela não desampara os humildes de coração. Confie que você não se encontra no abandono da solidão, neste momento, mas que tem uma Mãe amorosa e misericordiosa intercedendo junto a Jesus por suas necessidades.

Confiante no amor de Cristo, leia com calma a **Palavra de Deus.** Ele sempre tem uma mensagem de amor que restaura os corações aflitos. Em seguida, reze com fé a **Ladainha de Nossa Senhora**, na intenção de todos os enfermos.

PALAVRA DE DEUS: Mt 9,27-31

"Quando Jesus saiu dali, dois cegos o seguiram, gritando: 'Tem piedade de nós, filho de Davi.' Jesus chegou em casa, e os cegos se aproximaram dele. Então Jesus perguntou: 'Vocês acreditam que eu posso fazer isso?' Eles responderam: 'Sim, Senhor'. Então Jesus tocou os olhos deles, dizendo: 'Que aconteça conforme vocês acreditaram'. E os olhos deles se abriram. Então Jesus lhes ordenou: 'Tomem cuidado para que ninguém fique sabendo'. Mas eles saíram e espalharam a notícia por toda aquela região."

LADAINHA DE NOSSA SENHORA APARECIDA

Senhor, tende piedade de nós.
Jesus Cristo, tende piedade de nós.
Senhor, tende piedade de nós.

Jesus Cristo, ouvi-nos.
Jesus Cristo, atendei-nos.

Deus, Pai dos Céus, tende piedade de nós.
Deus Filho, Redentor do mundo, tende piedade de nós.
Espírito Santo, que sois Deus, tende piedade de nós.
Santíssima Trindade, que sois um só Deus,
tende piedade de nós.

Senhora e Mãe Aparecida Maria, clamamos a vós!
Nos Céus, a Trindade vos louva.
Saúdam-vos todos os Santos.

Os coros dos anjos repetem, e a Santa Igreja aclama:
Bendita sois entre as mulheres!

Mãe dos aflitos, rogai por nós!
Mãe dos enfermos, rogai por nós!
Mãe dos desesperados, rogai por nós!
Mãe dos abandonados, rogai por nós!
Mães dos agonizantes, rogai por nós!

Mãe dos desanimados, rogai por nós!
Mãe dos pobres, rogai por nós!
Mãe dos trabalhadores, rogai por nós!
Mãe das famílias, rogai por nós!
Mãe dos desempregados, rogai por nós!
Mãe dos desabrigados, rogai por nós!
Mãe dos enlutados, rogai por nós!
Mãe dos rejeitados, rogai por nós!
Mãe da esperança, rogai por nós!
Mãe da Igreja, rogai por nós!
Mãe da consolação, rogai por nós!
Mãe do amor, rogai por nós!
Mãe da caridade, rogai por nós!
Mãe da misericórdia, rogai por nós!
Mãe da paz, rogai por nós!

Cordeiro de Deus, que tirais os pecados do mundo,
perdoai-nos, Senhor.
Cordeiro de Deus, que tirais os pecados do mundo,
ouvi-nos, Senhor.
Cordeiro de Deus, que tirais os pecados do mundo,
tende piedade de nós.

V.: Rogai por nós, Santa Mãe de Deus,
R.: para que sejamos dignos das promessas de Cristo.

Senhor Deus, nós vos suplicamos que concedais a vossos servos perpétua saúde de alma e de corpo e que,

pela gloriosa intercessão de Nossa Senhora Aparecida, sejamos livres da presente tristeza e vivamos convosco na glória eterna. Por Cristo Nosso Senhor. Amém.

A oração transforma vidas. Confiante na materna proteção da Virgem Santíssima, reze com fé e confiança a **Oração a Nossa Senhora Aparecida.**

ORAÇÃO A NOSSA SENHORA APARECIDA

Virgem Santíssima, Senhora da Conceição Aparecida,
humildemente vos pedimos que vosso amor
nos ilumine de paz e confiança
e nos conforte com a alegria da fé,
que nos devolve o sorriso,
roubado pelas dores e lágrimas
dos medos e das preocupações.
Querida Mãe Aparecida,
caminhai conosco pelos vales da tristeza
e nos conduzi às planícies da serenidade.
Derramai sobre o jardim de nosso coração
o orvalho da misericórdia,
para que floresçam as sementes do amor
em nossos gestos e em nossas palavras.
Acompanhai, com vossa maternal proteção,
nossos passos, já cansados e feridos pelas dores da vida.
Mãe Amada, somos vossos filhos
e sozinhos nos perdemos facilmente
em nossa orfandade espiritual.

Confortai-nos com vossa poderosa intercessão
para que, seguindo vosso santo exemplo,
testemunhemos o amor de Cristo
em pequenos gestos de misericórdia.
Amém!

Quantas graças estes Exercícios Espirituais têm-lhe concedido! À medida que os dias vão passando, seu coração está sendo transformado pelo amor materno da Virgem Santíssima. Agradeça a Deus a oportunidade de hoje rezar pelos enfermos, suplicando a bênção da saúde sobre você e sobre por todos aqueles por quem orou. Conte sempre com a proteção e intercessão de nossa Mãe Maria. Para finalizar, trace com fé, calma e confiança o sinal da cruz sobre você.

COMPROMISSO DO DIA

Ao longo do dia, reze com confiança esta pequena e singela oração: **"Mãe Aparecida, intercedei junto a Jesus por todas as nossas enfermidades corporais e espirituais"**.

5º DIA

Nossa Senhora Aparecida, intercedei pelos abandonados

"O Senhor é refúgio para os oprimidos,
uma torre segura na hora da adversidade".
(Sl 9,9)

Neste quinto dia de nossos **Exercícios Espirituais com Nossa Senhora Aparecida**, reze pedindo a intercessão da Virgem Santíssima por todos aqueles que se encontram na situação de abandono. E são tantos os que foram ou se sentem abandonados! Mas, antes de iniciar este momento de oração, leia no início deste livro as orientações para o bom êxito desses Exercícios Espirituais.

CATEQUESE SOBRE NOSSA SENHORA

"No caminho da vida, deixemo-nos tomar pela mão. As mães pegam os filhos pela mão e os introduzem amorosamente na vida. Mas, hoje, quantos filhos, seguindo por conta própria, perdem a direção, acham-se fortes e se extraviam, livres e se tornam escravos! Quantos, esquecidos do carinho materno, vivem zangados com eles mesmos e indiferentes a tudo! Quantos, infelizmente, reagem a tudo e a todos com veneno e malvadez! A vida é assim. Mostrar-se mau, às vezes, até parece um sinal de fortaleza; mas é só fraqueza! Precisamos aprender com as mães que o heroísmo está em doar-se, a fortaleza, em ter piedade, sabedoria na mansidão" (trecho da homilia do papa Francisco, durante a celebração da solenidade de Maria Santíssima, Mãe de Deus, 1º de janeiro de 2019, na Basílica Vaticana).

PREPARAÇÃO ESPIRITUAL

O abandono gera um sentimento de exclusão. Grande é a multidão de pessoas que pelo mundo são abandonadas diariamente. Crianças recém-nascidas são descartadas como se não tivessem valor. Idosos são excluídos da família e abandonados em asilos ou hospitais. Muitos são abandonados pela sociedade, que não quer se comprometer com a recuperação daqueles que vivem situações que inspiram cuidado e recuperação. Essa situação de abandono também ocorre dentro dos lares, nos grupos de amigos, na escola ou na faculdade, no trabalho, na comunidade cristã. Quem é excluído e abandonado traz as marcas de feridas que sangram constantemente.

Neste dia, peça a intercessão de Nossa Senhora Aparecida por todos os que são vítimas do abandono. Pode ser que você traga na alma as marcas da exclusão. Não tenha medo de conversar com ela sobre suas dores e marcas emocionais, que carrega em seu coração. Tenha a plena certeza de que a Virgem Santíssima escuta e acolhe suas súplicas para apresentá-las a Jesus Cristo.

Confiante na intercessão de Maria, leia tranquilamente a **Palavra de Deus**. O Salmo 22 irá fortalecer sua alma dando-lhe a certeza de que você não está só e de que o Bom Pastor o acompanha e conduz seus passos. Medite este Salmo e permita que ele transforme suas lágrimas em sorrisos. Em seguida, reze com confiança a **Ladainha de Nossa Senhora Aparecida**, na intenção de todos os que se encontram em situação de abandono.

PALAVRA DE DEUS: Sl 22

O Senhor é meu pastor, nada me faltará.
Em verdes prados, ele me faz repousar.
Conduz-me junto às águas refrescantes,
restaura as forças de minha alma.
Pelos caminhos retos ele me leva, por amor do seu nome.
Ainda que eu atravesse o vale escuro,
nada temerei, pois estais comigo.
Vosso bordão e vosso báculo são o meu amparo.
Preparais para mim a mesa à vista de meus inimigos.
Derramais o perfume sobre minha cabeça,
e transborda minha taça.
A vossa bondade e misericórdia hão de seguir-me
por todos os dias de minha vida.
E habitarei na casa do Senhor por longos dias.

LADAINHA DE NOSSA SENHORA APARECIDA

Senhor, tende piedade de nós.
Jesus Cristo, tende piedade de nós.
Senhor, tende piedade de nós.

Jesus Cristo, ouvi-nos.
Jesus Cristo, atendei-nos.

Deus, Pai dos Céus, tende piedade de nós.
Deus Filho, Redentor do mundo, tende piedade de nós.
Espírito Santo, que sois Deus, tende piedade de nós.
Santíssima Trindade, que sois um só Deus,
tende piedade de nós.

Senhora e Mãe Aparecida Maria, clamamos a vós!
Nos Céus, a Trindade vos louva.
Saúdam-vos todos os Santos.

Os coros dos anjos repetem, e a Santa Igreja aclama:
Bendita sois entre as mulheres!

Mãe dos aflitos, rogai por nós!
Mãe dos enfermos, rogai por nós!
Mãe dos desesperados, rogai por nós!
Mãe dos abandonados, rogai por nós!
Mães dos agonizantes, rogai por nós!
Mãe dos desanimados, rogai por nós!
Mãe dos pobres, rogai por nós!
Mãe dos trabalhadores, rogai por nós!
Mãe das famílias, rogai por nós!
Mãe dos desempregados, rogai por nós!
Mãe dos desabrigados, rogai por nós!
Mãe dos enlutados, rogai por nós!

Mãe dos rejeitados, rogai por nós!
Mãe da esperança, rogai por nós!
Mãe da Igreja, rogai por nós!
Mãe da consolação, rogai por nós!
Mãe do amor, rogai por nós!
Mãe da caridade, rogai por nós!
Mãe da misericórdia, rogai por nós!
Mãe da paz, rogai por nós!

Cordeiro de Deus, que tirais os pecados do mundo,
perdoai-nos, Senhor.
Cordeiro de Deus, que tirais os pecados do mundo,
ouvi-nos, Senhor.
Cordeiro de Deus, que tirais os pecados do mundo,
tende piedade de nós.

V.: Rogai por nós, Santa Mãe de Deus,
R.: para que sejamos dignos das promessas de Cristo.

Senhor Deus, nós vos suplicamos que concedais a vossos servos perpétua saúde de alma e de corpo, e que, pela gloriosa intercessão de Nossa Senhora Aparecida, sejamos livres da presente tristeza e vivamos convosco na glória eterna. Por Cristo Nosso Senhor. Amém.

Que grande graça é sentir que Deus nos acolhe e que Nossa Senhora Aparecida está sempre a nosso lado, amparando-nos e intercedendo por tantas necessidades que carregamos no coração. Enquanto estiver rezando a **Oração a Nossa Senhora Aparecida**, sinta o abraço amoroso desta Mãe que não deixa ninguém se sentir órfão e abandonado.

ORAÇÃO A NOSSA SENHORA APARECIDA

Virgem Santíssima, Senhora da Conceição Aparecida,
humildemente vos pedimos que vosso amor
nos ilumine de paz e confiança
e nos conforte com a alegria da fé,
que nos devolve o sorriso,
roubado pelas dores e lágrimas
dos medos e das preocupações.
Querida Mãe Aparecida,
caminhai conosco pelos vales da tristeza
e nos conduzi às planícies da serenidade.
Derramai sobre o jardim de nosso coração
o orvalho da misericórdia,
para que floresçam as sementes do amor
em nossos gestos e em nossas palavras.
Acompanhai, com vossa maternal proteção,
nossos passos, já cansados e feridos pelas dores da vida.
Mãe Amada, somos vossos filhos
e sozinhos nos perdemos facilmente
em nossa orfandade espiritual.
Confortai-nos com vossa poderosa intercessão
para que, seguindo vosso santo exemplo,
testemunhemos o amor de Cristo
em pequenos gestos de misericórdia.
Amém!

Deus o ama infinitamente. Ele deseja que sempre viva feliz na certeza de que sempre será acolhido em seu amor, como filho muito amado. Nossa Senhora, que acolheu Jesus Cristo em seu coração e em seu ventre, sempre o acolhe com amor maternal. Ela é a Mãe da Misericórdia. Nos braços de Maria Santíssima, não existe abandono, pois ela ama todos nós, seus filhos, e cuida de nós. Agradeça a Nossa Senhora Aparecida tão grande amor e louve a Deus as bênçãos e o acolhimento, que hoje transbordam de sua alma. Para finalizar, trace com fé, calma e confiança o sinal da cruz sobre você.

COMPROMISSO DO DIA

Se em algum momento deste dia, você se sentir sozinho e abandonado, reze com fé: **"Nossa Senhora Aparecida, em vosso coração me acolhei e da dor do abandono me socorrei"**.

6º DIA

Nossa Senhora Aparecida, intercedei pelos desanimados

"Deus é nosso refúgio e nossa fortaleza,
auxílio sempre presente na adversidade."
(Sl 46,1)

Com alegria na alma e paz no coração, inicie o sexto dia dos **Exercícios Espirituais com Nossa Senhora Aparecida**. Você tem momentos de desânimo? Conhece pessoas desanimadas que perderam a alegria de viver? Hoje, reze nessa intenção e peça a intercessão de Nossa Senhora Aparecida por todos os desanimados. Anime-se! Deus tem grandes graças reservadas para você pela intercessão de Nossa Senhora Aparecida. Antes de iniciar este momento de oração, se achar necessário, leia novamente as orientações para a prática dos Exercícios Espirituais, que se encontram no início deste livro.

CATEQUESE SOBRE NOSSA SENHORA

"Deus não prescindiu da Mãe: por maior força de razão, precisamos nós dela! O próprio Jesus a deu a nós; e não em um momento qualquer, mas quando estava pregado na cruz: 'Eis a tua mãe' (Jo 19,27) – disse Ele ao discípulo, a cada discípulo. Nossa Senhora não é opcional: deve ser acolhida na vida! É a Rainha da paz, que vence o mal e nos guia pelos caminhos do bem, repõe a unidade entre os filhos, educa para a compaixão.

Tomai-nos pela mão, Maria! Agarrados a vós, superaremos as curvas mais fechadas da história. Levai-nos pela mão a descobrir os laços que nos unem. Reuni-nos, todos juntos, sob o vosso manto, na ternura do amor verdadeiro, em que se reconstitui a família humana: 'À vossa proteção recorremos, Santa Mãe de Deus'.

Digamos, todos juntos, a Nossa Senhora: 'À vossa proteção, recorremos, Santa Mãe de Deus'" (trecho da homilia do papa Francisco, durante a celebração da solenidade de Maria Santíssima, Mãe de Deus, 1º de janeiro de 2019, na Basílica Vaticana).

PREPARAÇÃO ESPIRITUAL

O desânimo rouba a paz e o desejo de concluir os projetos. Para continuar a caminhada sem ficar paralisado à beira do caminho, é necessário revigorar a fé na certeza de que não está sozinho, de que Deus está com você e Nossa Senhora Aparecida o protege com seu amor maternal.

Reze no dia de hoje, suplicando a intercessão de Nossa Senhora Aparecida por todos aqueles que desanimaram da vida, abandonaram seus sonhos e peregrinam pela vida sem objetivos. Hoje, talvez, você se encontre nessa situação de desânimo. Os problemas e as dificuldades da vida foram e são tantos que isso o paralisou em sua caminhada. Não tema! Não desanime! Deus está a seu lado dando-lhe o apoio necessário para que sua vida seja fonte de bênçãos para muitos irmãos e muitas irmãs.

No silêncio de seu coração, apresente a Nossa Senhora Aparecida seus pedidos, para que ela, junto a Jesus, obtenha a graça do ânimo e da coragem para você e para todos aqueles que necessitam. Maria é Mãe e ouve com amor as súplicas de seus filhos amados. Confie e busque na oração a força do recomeço.

Jesus proferiu um belíssimo sermão, animando todos aqueles que se encontravam sem ânimo e esperança. Essa será a passagem do Evangelho que você irá meditar hoje na **Palavra de Deus.** Leia-a com amor e ouça Jesus proferindo essas palavras para você. Em seguida, reze com ânimo a **Ladainha de Nossa Senhora Aparecida.**

PALAVRA DE DEUS: Mt 5,3-12

"Bem-aventurados os que têm um coração de pobre, porque deles é o Reino dos céus!

Bem-aventurados os que choram, porque serão consolados!

Bem-aventurados os mansos, porque possuirão a terra!

Bem-aventurados os que têm fome e sede de justiça, porque serão saciados!

Bem-aventurados os misericordiosos, porque alcançarão misericórdia!

Bem-aventurados os puros de coração, porque verão Deus!

Bem-aventurados os pacíficos, porque serão chamados filhos de Deus!

Bem-aventurados os que são perseguidos por causa da justiça, porque deles é o Reino dos céus!

Bem-aventurados sereis quando vos caluniarem, quando vos perseguirem e disserem falsamente todo o mal contra vós por causa de mim. Alegrai-vos e exultai, porque será grande a vossa recompensa nos céus, pois assim perseguiram os profetas que vieram antes de vós."

LADAINHA DE NOSSA SENHORA APARECIDA

Senhor, tende piedade de nós.
Jesus Cristo, tende piedade de nós.
Senhor, tende piedade de nós.

Jesus Cristo, ouvi-nos.
Jesus Cristo, atendei-nos.

Deus, Pai dos Céus, tende piedade de nós.
Deus Filho, Redentor do mundo, tende piedade de nós.
Espírito Santo, que sois Deus, tende piedade de nós.
Santíssima Trindade, que sois um só Deus,
tende piedade de nós.

Senhora e Mãe Aparecida Maria, clamamos a vós!
Nos Céus, a Trindade vos louva.
Saúdam-vos todos os Santos.

Os coros dos anjos repetem, e a Santa Igreja aclama:
Bendita sois entre as mulheres!

Mãe dos aflitos, rogai por nós!
Mãe dos enfermos, rogai por nós!
Mãe dos desesperados, rogai por nós!
Mãe dos abandonados, rogai por nós!
Mães dos agonizantes, rogai por nós!

Mãe dos desanimados, rogai por nós!
Mãe dos pobres, rogai por nós!
Mãe dos trabalhadores, rogai por nós!
Mãe das famílias, rogai por nós!
Mãe dos desempregados, rogai por nós!
Mãe dos desabrigados, rogai por nós!
Mãe dos enlutados, rogai por nós!
Mãe dos rejeitados, rogai por nós!
Mãe da esperança, rogai por nós!
Mãe da Igreja, rogai por nós!
Mãe da consolação, rogai por nós!
Mãe do amor, rogai por nós!
Mãe da caridade, rogai por nós!
Mãe da misericórdia, rogai por nós!
Mãe da paz, rogai por nós!

Cordeiro de Deus, que tirais os pecados do mundo,
perdoai-nos, Senhor.
Cordeiro de Deus, que tirais os pecados do mundo,
ouvi-nos, Senhor.
Cordeiro de Deus, que tirais os pecados do mundo,
tende piedade de nós.

V.: Rogai por nós, Santa Mãe de Deus,
R.: para que sejamos dignos das promessas de Cristo.

Senhor Deus, nós vos suplicamos que concedais a vossos servos perpétua saúde de alma e de corpo, e que,

pela gloriosa intercessão de Nossa Senhora Aparecida, sejamos livres da presente tristeza e vivamos convosco na glória eterna. Por Cristo Nosso Senhor. Amém.

Como é bom sentir a alma revigorada e animada pela bondade de Deus e intercessão de Nossa Senhora Aparecida! Reze agora com amor e confiança a **Oração a Nossa Senhora Aparecida** por todos os desanimados e solitários deste mundo.

ORAÇÃO A NOSSA SENHORA APARECIDA

Virgem Santíssima, Senhora da Conceição Aparecida,
humildemente vos pedimos que vosso amor
nos ilumine de paz e confiança
e nos conforte com a alegria da fé,
que nos devolve o sorriso,
roubado pelas dores e lágrimas
dos medos e das preocupações.
Querida Mãe Aparecida,
caminhai conosco pelos vales da tristeza
e nos conduzi às planícies da serenidade.
Derramai sobre o jardim de nosso coração
o orvalho da misericórdia,
para que floresçam as sementes do amor
em nossos gestos e em nossas palavras.
Acompanhai, com vossa maternal proteção,
nossos passos, já cansados e feridos pelas dores da vida.
Mãe Amada, somos vossos filhos

e sozinhos nos perdemos facilmente
em nossa orfandade espiritual.
Confortai-nos com vossa poderosa intercessão
para que, seguindo vosso santo exemplo,
testemunhemos o amor de Cristo
em pequenos gestos de misericórdia.
Amém!

Com o coração animado pelas graças de Deus a você, concedida pela intercessão de Nossa Senhora Aparecida, conclua este sexto dia dos Exercícios Espirituais. Como é bom sentir a alma revigorada pelas bênçãos do Pai! Louve e agradeça a Deus as graças que a cada dia são concedidas a você e a todos aqueles por quem você está rezando. Agradeça a Nossa Senhora Aparecida estar sempre com você, sendo Mãe de Ternura. Para finalizar, trace com fé, calma e confiança o sinal da cruz sobre você.

COMPROMISSO DO DIA

Se o desânimo surgir ao longo do dia, reze com confiança: **"Mãe Aparecida, da paz e do amor, minha alma revigorai, com força e vigor"**.

7º DIA

Nossa Senhora Aparecida, intercedei pelos magoados

"Portanto, se alguém está em Cristo, é nova criação. As coisas antigas já passaram; eis que surgiram coisas novas!"
(2Cor 5,17)

Reze neste sétimo dia dos **Exercícios Espirituais com Nossa Senhora Aparecida** por todos aqueles que estão magoados com alguém ou alguma situação. Muitas podem ser as situações que causam profundas mágoas na alma. Hoje apresente a Nossa Senhora Aparecida todas as mágoas que carrega em sua alma e todos aqueles que carregam a dolorosa ferida da mágoa no coração e na vida. Antes de iniciar este momento de oração, leia as orientações (no início deste livro) para o ajudar a vivenciar, de modo mais frutífero, estes Exercícios Espirituais.

CATEQUESE SOBRE NOSSA SENHORA

"Da Mãe de Deus diz-se apenas uma frase: 'guardava todas estas coisas, meditando-as em seu coração' (Lc 2,19). Guardava. Simplesmente... guardava; Maria não fala: a Ela o Evangelho não refere uma palavra sequer, em toda a narração do Natal. Também nisto a Mãe se associa ao Filho: Jesus é infante, ou seja, 'sem dizer palavra'. Ele, o Verbo, a Palavra de Deus, que, 'muitas vezes e de muitos modos, falara nos tempos antigos' (Hb 1,1), agora, na 'plenitude dos tempos' (Gl 4,4), está mudo. O Deus, na presença de quem se guarda silêncio, é um menino que não fala. Sua majestade é sem palavras, seu mistério de amor desvenda-se na pequenez. Essa pequenez silenciosa é a linguagem de sua realeza. A Mãe associa-se ao Filho e guarda no silêncio.

E o silêncio diz-nos que também nós, se quisermos guardar a nós mesmos, precisamos de silêncio. Precisamos permanecer em silêncio, olhando o presépio. Porque, diante do presépio, redescobrimo-nos amados; saboreamos o sentido genuíno da vida. E, olhando em silêncio, deixamos que Jesus fale a nosso coração: deixamos que sua pequenez desmantele nosso orgulho, que sua pobreza desinquiete nossas sumptuosidades, que sua ternura revolva nosso coração insensível. Reservar cada dia um tempo de silêncio com Deus é guardar nossa alma; é guardar nossa liberdade das banalidades corrosivas do consumo e dos aturdimentos da publicidade, da difusão de palavras vazias e das ondas avassaladoras das maledicências e da balbúrdia" (trecho da homilia do papa Francisco, durante a celebração da solenidade de Maria Santíssima, Mãe de Deus, 1º de janeiro de 2018, na Basílica Vaticana).

PREPARAÇÃO ESPIRITUAL

Toda mágoa, quando não trabalhada e curada, causa profundas feridas emocionais na alma daqueles aos quais ela faz vítima. E são tantas as situações que magoam: uma traição, uma palavra agressiva, uma brincadeira que causa constrangimento, um olhar de indiferença, a exclusão, a falta de respeito, o preconceito camuflado ou não...

Neste dia, coloque no Imaculado Coração de Nossa Senhora Aparecida todas as pessoas extrema e profundamente magoadas. Apresente à Virgem Santíssima as mágoas que hoje carrega na alma e lhe impedem de ser plenamente feliz e caminhar pela vida com liberdade. Abra seu coração à Mãe Aparecida. Ela escuta suas dores e, junto a Jesus, intercede pelas feridas e mágoas que paralisam seus passos.

Confiar é acreditar. Por isso acredite que suas preces não ficarão sem resposta, pois Deus ama todos nós e deseja ver-nos felizes.

Após apresentar suas intenções a Nossa Senhora Aparecida, leia com fé a **Palavra de Deus**. Ela nos convida a sermos sal da terra e luz do mundo. Você foi criado para iluminar a vida com seus gestos de amor e bondade. Deve ser sal no mundo dando sabor às realidades. Deus tem sempre um recado para nós que nos ajuda a sermos pessoas melhores e mais humanas. Em seguida, reze, com fé, a **Ladainha de Nossa Senhora Aparecida**, na certeza de que ela já apresentou suas feridas emocionais a Jesus para que Ele as cure.

PALAVRA DE DEUS: Mt 5,13-16

"Vós sois o sal da terra. Se o sal perde o sabor, com que lhe será restituído o sabor? Para nada mais serve senão para ser lançado fora e calcado pelos homens. Vós sois a luz do mundo. Não se pode esconder uma cidade situada sobre uma montanha nem se acender uma luz para colocá-la debaixo do alqueire, mas sim para colocá-la sobre o candeeiro, a fim de que brilhe a todos os que estão em casa. Assim, brilhe vossa luz diante dos homens, para que vejam as vossas boas obras e glorifiquem vosso Pai, que está nos céus."

LADAINHA DE NOSSA SENHORA APARECIDA

Senhor, tende piedade de nós.
Jesus Cristo, tende piedade de nós.
Senhor, tende piedade de nós.

Jesus Cristo, ouvi-nos.
Jesus Cristo, atendei-nos.

Deus, Pai dos Céus, tende piedade de nós.
Deus Filho, Redentor do mundo, tende piedade de nós.
Espírito Santo, que sois Deus, tende piedade de nós.
Santíssima Trindade, que sois um só Deus,
tende piedade de nós.

Senhora e Mãe Aparecida Maria, clamamos a vós!
Nos Céus, a Trindade vos louva.
Saúdam-vos todos os Santos.

Os coros dos anjos repetem, e a Santa Igreja aclama:
Bendita sois entre as mulheres!

Mãe dos aflitos, rogai por nós!
Mãe dos enfermos, rogai por nós!
Mãe dos desesperados, rogai por nós!
Mãe dos abandonados, rogai por nós!
Mães dos agonizantes, rogai por nós!
Mãe dos desanimados, rogai por nós!
Mãe dos pobres, rogai por nós!
Mãe dos trabalhadores, rogai por nós!
Mãe das famílias, rogai por nós!
Mãe dos desempregados, rogai por nós!
Mãe dos desabrigados, rogai por nós!
Mãe dos enlutados, rogai por nós!
Mãe dos rejeitados, rogai por nós!
Mãe da esperança, rogai por nós!
Mãe da Igreja, rogai por nós!
Mãe da consolação, rogai por nós!
Mãe do amor, rogai por nós!
Mãe da caridade, rogai por nós!
Mãe da misericórdia, rogai por nós!
Mãe da paz, rogai por nós!

Cordeiro de Deus, que tirais os pecados do mundo,
perdoai-nos, Senhor.
Cordeiro de Deus, que tirais os pecados do mundo,
ouvi-nos, Senhor.
Cordeiro de Deus, que tirais os pecados do mundo,
tende piedade de nós.

V.: Rogai por nós, Santa Mãe de Deus,
R.: para que sejamos dignos das promessas de Cristo.

Senhor Deus, nós vos suplicamos que concedais a vossos servos perpétua saúde de alma e de corpo, e que, pela gloriosa intercessão de Nossa Senhora Aparecida, sejamos livres da presente tristeza e vivamos convosco na glória eterna. Por Cristo Nosso Senhor. Amém.

Que bênção cultivar no coração a certeza do amor de Deus. Que graça é ter Maria Santíssima como Mãe, que nunca abandona seus filhos, cuidando deles e de suas mágoas. Reze, com fé, a **Oração a Nossa Senhora Aparecida**, na intenção de todos aqueles que hoje também precisam ser curados das mágoas, que lhe roubam a felicidade.

ORAÇÃO A NOSSA SENHORA APARECIDA

Virgem Santíssima, Senhora da Conceição Aparecida,
humildemente vos pedimos que vosso amor
nos ilumine de paz e confiança
e nos conforte com a alegria da fé,
que nos devolve o sorriso,
roubado pelas dores e lágrimas
dos medos e das preocupações.
Querida Mãe Aparecida,
caminhai conosco pelos vales da tristeza
e nos conduzi às planícies da serenidade.
Derramai sobre o jardim de nosso coração
o orvalho da misericórdia,

para que floresçam as sementes do amor
em nossos gestos e em nossas palavras.
Acompanhai, com vossa maternal proteção,
nossos passos, já cansados e feridos pelas dores da vida.
Mãe Amada, somos vossos filhos
e sozinhos nos perdemos facilmente
em nossa orfandade espiritual.
Confortai-nos com vossa poderosa intercessão
para que, seguindo vosso santo exemplo,
testemunhemos o amor de Cristo
em pequenos gestos de misericórdia.
Amém!

Conclua o sétimo dia dos Exercícios Espirituais com a alma em paz e na certeza de que as mágoas que o afligem já estão sendo curadas pelo amor de Deus. Pois, quando se sente verdadeiramente amado, ninguém pode lhe roubar a paz interior nem mesmo criar feridas em sua alma. Agradeça a Deus esse amor que a cada dia é renovado. Agradeça também à Virgem Santíssima, que sempre está a seu lado, protegendo você e o abençoando. Para finalizar, trace com fé, calma e confiança o sinal da cruz.

COMPROMISSO DO DIA

Se durante o dia de hoje alguém o magoar, reze com fé e confiança: **"Mãe Aparecida, ajudai-me a perdoar de coração!"**

8º DIA

Nossa Senhora Aparecida, intercedei pelos trabalhadores

"Tudo o que fizerem, façam de todo o coração, como para o Senhor e não para os homens."
(Cl 3,23)

O trabalho dignifica o ser humano e pode ser um belo caminho para a santidade. Neste penúltimo dia dos **Exercícios Espirituais com Nossa Senhora Aparecida**, reze pedindo a intercessão de Nossa Senhora Aparecida por todos os trabalhadores. Também hoje se lembre com carinho daqueles desempregados que buscam um trabalho. Se for necessário, leia novamente as orientações para os Exercícios Espirituais, que se encontram no início deste livro.

CATEQUESE SOBRE NOSSA SENHORA

"Aqui temos os segredos da Mãe de Deus: guardar no silêncio e levar a Deus. Isso se realizava – conclui o Evangelho – em seu coração. O coração convida a pôr os olhos no centro da pessoa, dos afetos, da vida. Também nós – cristãos em caminho –, ao princípio de cada ano, sentimos a necessidade de recomeçar do centro, deixar para trás os pesos do passado e partir do que é importante. Temos hoje, diante de nós, o ponto de partida: a Mãe de Deus. Pois Maria é como Deus nos quer, como quer sua Igreja: Mãe terna, humilde, pobre de coisas e rica de amor, livre do pecado, unida a Jesus, que guarda Deus no coração e o próximo na vida. Para recomeçar, ponhamos os olhos na Mãe. Em seu coração, bate o coração da Igreja. Para avançar – diz-nos a festa de hoje –, é preciso recuar, recomeçar do presépio, da Mãe que tem Deus nos braços."

A devoção a Maria não é galanteria espiritual, mas uma exigência da vida cristã. Olhando para a Mãe, somos encorajados a deixar tantas bagatelas inúteis e reencontrar aquilo que conta. O dom da Mãe, o dom de cada mãe e cada mulher é tão precioso para a Igreja, que é mãe e mulher. E, enquanto o homem muitas vezes abstrai, afirma e impõe ideias, a mulher, a mãe, sabe guardar, fazer a ligação no coração, vivificar. Porque a fé não se pode reduzir apenas à ideia ou à doutrina; precisamos, todos, de um coração de mãe que saiba guardar a ternura de Deus e ouvir as palpitações do homem. A Mãe, autógrafo de Deus sobre a humanidade, guarde este Ano e leve a paz de seu Filho aos corações, a nossos corações e ao mundo inteiro" (trecho da homilia do papa Francisco, durante a celebração da solenidade de Maria Santíssima, Mãe de Deus, 1º de janeiro de 2018, na Basílica Vaticana).

PREPARAÇÃO ESPIRITUAL

São Josemaria Escrivá disse: "Santificar o trabalho próprio não é uma quimera, mas missão de todo cristão...: tua e minha. – Assim o descobriu aquele torneiro mecânico, que comentava: 'Deixa-me louco de alegria essa certeza de que eu, manejando o torno e cantando, cantando muito – por dentro e por fora –, posso fazer-me santo... Que bondade a do nosso Deus!'" Todos nós podemos nos santificar por meio do trabalho que exercemos com amor. Neste oitavo dia dos Exercícios Espirituais, reze por todos os trabalhadores e desempregados. Você pode apresentar a Nossa Senhora Aparecida seus colegas de trabalho. Se tiver dificuldade de relacionamento com alguém, no ambiente de trabalho, coloque essa situação nas mãos da Virgem Santíssima. Por alguns instantes, lembre-se daqueles que estão desempregados. E, se essa for sua situação, peça a Maria que ela apresente a Jesus sua necessidade de um trabalho. Confie que ela está neste momento intercedendo por você e por todos aqueles por quem você está rezando.

A **Palavra de Deus** deste dia convida você a refletir sobre o valor do trabalho. Leia atenta e calmamente, pois Deus quer falar-lhe por meio das Sagradas Escrituras. Em seguida, reze com fé a **Ladainha de Nossa Senhora Aparecida**, na intenção de todos os trabalhadores e daqueles que buscam um emprego.

PALAVRA DE DEUS: Pr 6,6-11

"Vai, ó preguiçoso, ter com a formiga, observa seu proceder e torna-te sábio: ela não tem chefe, nem inspetor, nem mestre; prepara no verão sua provisão, apanha no tempo da ceifa sua comida. Até quando, ó preguiçoso, dormirás? Quando te levantarás de teu sono? Um pouco para dormir, outro pouco para dormitar, outro pouco para cruzar as mãos no seu leito, e a indigência virá sobre ti como um ladrão; a pobreza, como um homem armado."

LADAINHA DE NOSSA SENHORA APARECIDA

Senhor, tende piedade de nós.
Jesus Cristo, tende piedade de nós.
Senhor, tende piedade de nós.

Jesus Cristo, ouvi-nos.
Jesus Cristo, atendei-nos.

Deus, Pai dos Céus, tende piedade de nós.
Deus Filho, Redentor do mundo, tende piedade de nós.
Espírito Santo, que sois Deus, tende piedade de nós.
Santíssima Trindade, que sois um só Deus,
tende piedade de nós.

Senhora e Mãe Aparecida Maria, clamamos a vós!
Nos Céus, a Trindade vos louva.
Saúdam-vos todos os Santos.

Os coros dos anjos repetem, e a Santa Igreja aclama:
Bendita sois entre as mulheres!
Mãe dos aflitos, rogai por nós!
Mãe dos enfermos, rogai por nós!
Mãe dos desesperados, rogai por nós!
Mãe dos abandonados, rogai por nós!
Mães dos agonizantes, rogai por nós!
Mãe dos desanimados, rogai por nós!

Mãe dos pobres, rogai por nós!
Mãe dos trabalhadores, rogai por nós!
Mãe das famílias, rogai por nós!
Mãe dos desempregados, rogai por nós!
Mãe dos desabrigados, rogai por nós!
Mãe dos enlutados, rogai por nós!
Mãe dos rejeitados, rogai por nós!
Mãe da esperança, rogai por nós!
Mãe da Igreja, rogai por nós!
Mãe da consolação, rogai por nós!
Mãe do amor, rogai por nós!
Mãe da caridade, rogai por nós!
Mãe da misericórdia, rogai por nós!
Mãe da paz, rogai por nós!

Cordeiro de Deus, que tirais os pecados do mundo,
perdoai-nos, Senhor.
Cordeiro de Deus, que tirais os pecados do mundo,
ouvi-nos, Senhor.
Cordeiro de Deus, que tirais os pecados do mundo,
tende piedade de nós.

V.: Rogai por nós, Santa Mãe de Deus,
R.: para que sejamos dignos das promessas de Cristo.

Senhor Deus, nós vos suplicamos que concedais a vossos servos perpétua saúde de alma e de corpo, e que, pela gloriosa intercessão de Nossa Senhora Aparecida, sejamos livres da presente tristeza e vivamos convosco na glória eterna. Por Cristo Nosso Senhor. Amém.

Ao rezar a **Oração a Nossa Senhora Aparecida,** ofereça à Virgem Maria todas as dificuldades que você enfrenta todos os dias no trabalho ou na busca de um emprego.

ORAÇÃO A NOSSA SENHORA APARECIDA

Virgem Santíssima, Senhora da Conceição Aparecida,
humildemente vos pedimos que vosso amor
nos ilumine de paz e confiança
e nos conforte com a alegria da fé,
que nos devolve o sorriso,
roubado pelas dores e lágrimas
dos medos e das preocupações.
Querida Mãe Aparecida,
caminhai conosco pelos vales da tristeza
e nos conduzi às planícies da serenidade.
Derramai sobre o jardim de nosso coração
o orvalho da misericórdia,
para que floresçam as sementes do amor
em nossos gestos e em nossas palavras.
Acompanhai, com vossa maternal proteção,
nossos passos, já cansados e feridos pelas dores da vida.
Mãe Amada, somos vossos filhos
e sozinhos nos perdemos facilmente
em nossa orfandade espiritual.
Confortai-nos com vossa poderosa intercessão

para que, seguindo vosso santo exemplo,
testemunhemos o amor de Cristo
em pequenos gestos de misericórdia.
Amém!

Hoje, reze pela santificação do trabalho e dos trabalhadores. Nossa Senhora Aparecida é a Mãe dos Trabalhadores. Ela compreende todas as necessidades e sempre intercede por seus filhos a Jesus Cristo. Agradeça hoje a Deus seu emprego e, se ainda não o tem, peça que Ele esteja com você na busca de um. Acredite: Maria irá a sua frente, preparando-lhe uma colocação no mercado de trabalho ou abençoando o local onde exerce seu ofício diário. Para finalizar, trace com fé, calma e confiança o sinal da cruz sobre você.

COMPROMISSO DO DIA

Durante este dia, reze com perseverança: **"Senhora Aparecida, meu trabalho abençoai, nas dificuldades sempre me amparai!"**

9º DIA

Nossa Senhora Aparecida, intercedei pelo Brasil

"Feliz a nação cujo Deus é o Senhor,
e o povo que ele escolheu para sua herança."
(Sl 33,12)

Neste nono e último dia dos **Exercícios Espirituais com Nossa Senhora Aparecida**, reze pelo Brasil. Hoje peça a intercessão de Nossa Senhora Aparecida por esse imenso país, marcado por tantos contrastes. Foi nas águas do Rio Paraíba que, no ano de 1717, a Virgem Maria deixou-se encontrar na imagem de Nossa Senhora da Conceição. Em uma época em que a escravidão era vigente nestas terras de Santa Cruz, Ela veio nos lembrar que, diante de Deus, todos são livres e que a escravidão fere a liberdade dos filhos de Deus. Para rezar melhor, leia as orientações para os Exercícios Espirituais, no início deste livro.

CATEQUESE SOBRE NOSSA SENHORA

"As mães são o antídoto mais forte contra nossas tendências individualistas e egoístas, contra nossos isolamentos e nossas apatias. Uma sociedade sem mães seria não apenas uma sociedade fria, mas também uma sociedade que perdeu o coração, que perdeu o 'sabor de família'. Uma sociedade sem mães seria uma sociedade sem piedade, com lugar apenas para o cálculo e a especulação. Com efeito, as mães, mesmo nos momentos piores, sabem testemunhar a ternura, a dedicação incondicional, a força da esperança. Aprendi muito com as mães que, tendo os filhos na prisão ou estendidos em uma cama de hospital ou subjugados pela escravidão da droga, esteja frio ou calor, faça chuva ou sol, não desistem e continuam a lutar para lhes dar o melhor; ou com as mães que, nos campos de refugiados ou até no meio da guerra, conseguem abraçar e sustentar, sem hesitação, o sofrimento de seus filhos. Mães que dão, literalmente, a vida para que nenhum dos filhos se perca. Onde estiver a mãe, há unidade, há sentido de pertença: pertença de filhos" (trecho da homilia do papa Francisco, durante a celebração da solenidade de Maria Santíssima, 1º de janeiro de 2017, na Basílica Vaticana).

PREPARAÇÃO ESPIRITUAL

Brasil: Terra de Santa Cruz. Um país marcado pelas riquezas naturais, mas também pelas inúmeras desigualdades. Hoje, reze por nosso país, suplicando a intercessão de Nossa Senhora Aparecida por nosso povo, pela Igreja, por nossos governantes, pelos que vivem em situações desumanas, pelos que caminham pela vida sem sentido, pelos irmãos, que aqui buscam refúgio e paz. Peça à Virgem Santíssima que interceda junto a Jesus pelo fim da violência, do preconceito, do ódio, da corrupção... São tantas as intenções! Você pode ir apresentando a Maria as intenções pelas quais deseja rezar no dia de hoje.

A **Palavra de Deus** deste dia tem como mensagem o amor misericordioso do Senhor. Medite-a em cada versículo. É Deus que falará com você. Em seguida reze, na intenção de nosso Brasil, a **Ladainha de Nossa Senhora Aparecida.**

PALAVRA DE DEUS: Sl 144,1-9

"Ó meu Deus, meu rei, eu vos glorificarei,
e bendirei o vosso nome pelos séculos dos séculos.

Dia a dia vos bendirei e louvarei o vosso nome eternamente.

Grande é o Senhor e sumamente louvável, insondável é a sua grandeza.

Cada geração apregoa à outra as vossas obras, e proclama o vosso poder.

Elas falam do brilho esplendoroso de vossa majestade e publicam as vossas maravilhas.

Anunciam o formidável poder de vossas obras
e narram a vossa grandeza.

Proclamam o louvor de vossa bondade imensa
e aclamam a vossa justiça.

O Senhor é clemente e compassivo, longânime e cheio de bondade.

O Senhor é bom para com todos,
e sua misericórdia se estende a todas as suas obras."

LADAINHA DE NOSSA SENHORA APARECIDA

Senhor, tende piedade de nós.
Jesus Cristo, tende piedade de nós.
Senhor, tende piedade de nós.

Jesus Cristo, ouvi-nos.
Jesus Cristo, atendei-nos.

Deus, Pai dos Céus, tende piedade de nós.
Deus Filho, Redentor do mundo, tende piedade de nós.
Espírito Santo, que sois Deus, tende piedade de nós.
Santíssima Trindade, que sois um só Deus,
tende piedade de nós.

Senhora e Mãe Aparecida Maria, clamamos a vós!
Nos Céus, a Trindade vos louva.
Saúdam-vos todos os Santos.

Os coros dos anjos repetem, e a Santa Igreja aclama:
Bendita sois entre as mulheres!
Mãe dos aflitos, rogai por nós!
Mãe dos enfermos, rogai por nós!
Mãe dos desesperados, rogai por nós!
Mãe dos abandonados, rogai por nós!
Mães dos agonizantes, rogai por nós!
Mãe dos desanimados, rogai por nós!

Mãe dos pobres, rogai por nós!
Mãe dos trabalhadores, rogai por nós!
Mãe das famílias, rogai por nós!
Mãe dos desempregados, rogai por nós!
Mãe dos desabrigados, rogai por nós!
Mãe dos enlutados, rogai por nós!
Mãe dos rejeitados, rogai por nós!
Mãe da esperança, rogai por nós!
Mãe da Igreja, rogai por nós!
Mãe da consolação, rogai por nós!
Mãe do amor, rogai por nós!
Mãe da caridade, rogai por nós!
Mãe da misericórdia, rogai por nós!
Mãe da paz, rogai por nós!

Cordeiro de Deus, que tirais os pecados do mundo,
perdoai-nos, Senhor.
Cordeiro de Deus, que tirais os pecados do mundo,
ouvi-nos, Senhor.
Cordeiro de Deus, que tirais os pecados do mundo,
tende piedade de nós.

V.: Rogai por nós, Santa Mãe de Deus,
R.: para que sejamos dignos das promessas de Cristo.

Senhor Deus, nós vos suplicamos que concedais a vossos servos perpétua saúde de alma e de corpo, e que, pela gloriosa intercessão de Nossa Senhora Aparecida, sejamos livres da presente tristeza e vivamos convosco na glória eterna. Por Cristo Nosso Senhor. Amém.

Reze a **Oração a Nossa Senhora Aparecida**, na intenção do povo brasileiro!

ORAÇÃO A NOSSA SENHORA APARECIDA

Virgem Santíssima, Senhora da Conceição Aparecida,
humildemente vos pedimos que vosso amor
nos ilumine de paz e confiança
e nos conforte com a alegria da fé,
que nos devolve o sorriso,
roubado pelas dores e lágrimas
dos medos e das preocupações.
Querida Mãe Aparecida,
caminhai conosco pelos vales da tristeza
e nos conduzi às planícies da serenidade.
Derramai sobre o jardim de nosso coração
o orvalho da misericórdia,
para que floresçam as sementes do amor
em nossos gestos e em nossas palavras.
Acompanhai, com vossa maternal proteção,
nossos passos, já cansados e feridos pelas dores da vida.
Mãe Amada, somos vossos filhos
e sozinhos nos perdemos facilmente
em nossa orfandade espiritual.
Confortai-nos com vossa poderosa intercessão
para que, seguindo vosso santo exemplo,

testemunhemos o amor de Cristo
em pequenos gestos de misericórdia.
Amém!

Concluíram-se os Exercícios Espirituais com Nossa Senhora Aparecida! Foram dias de bênçãos e graças vividos. Essa experiência de fé deve gerar muitos frutos de amor e misericórdia em sua vida. Retome-os sempre que tiver necessidade. Eu gostaria muito de ler as experiências espirituais que esses dias lhe proporcionaram. Será uma alegria receber uma mensagem sua. Meu e-mail é: flaviosobreiro@yahoo.com.br

Neste último dia, louve e agradeça a Deus esta caminhada espiritual tendo como intercessora a Santíssima Virgem Maria, sob o título de Nossa Senhora da Conceição Aparecida. Para finalizar, trace com fé, calma e confiança o sinal da cruz sobre você.

COMPROMISSO DO DIA

Ao longo deste dia, agradeça a intercessão da Virgem Maria: **"Nossa Senhora Aparecida, a vós consagro meu coração e vos ofereço minha gratidão!"**

Consagração a Nossa Senhora Aparecida

Ó Maria Santíssima, pelos méritos de Nosso Senhor Jesus Cristo, em vossa querida imagem de Aparecida, espalhais inúmeros benefícios sobre todo o Brasil. Eu, embora indigno de pertencer ao número de vossos filhos e filhas, mas cheio do desejo de participar dos benefícios de vossa misericórdia, prostrado a vossos pés, consagro-vos o meu entendimento, para que sempre pense no amor que mereceis; consagro-vos a minha língua para que sempre vos louve e propague a vossa devoção; consagro-vos o meu coração, para que, depois de Deus, vos ame sobre todas as coisas.

Recebei-me, ó Rainha incomparável, vós que o Cristo crucificado deu-nos por Mãe, no ditoso número de vossos filhos e filhas; acolhei-me debaixo de vossa proteção; socorrei-me em todas as minhas necessidades, espirituais e temporais, sobretudo na hora de minha morte.

Abençoai-me, ó celestial cooperadora, e, com vossa poderosa intercessão, fortalecei-me em minha fraqueza, a fim de que, servindo-vos fielmente nesta vida, possa louvar-vos, amar-vos e dar-vos graças no céu, por toda eternidade. Assim seja!

ÍNDICE

Este livro foi composto com as famílias tipográficas Adobe Hebrew, Baker Signet BT e Calibri e impresso em papel Offset 75g/m² pela **Gráfica Santuário**.